DIE FREIGABE DER VERNICHTUNG LEBENSUNWERTEN LEBENS

KARL BINDING UND ALFRED HOCHE

copyright © 2023 Culturea éditions
Herausgeber: Culturea (34, Hérault)
Druck: BOD - In de Tarpen 42, Norderstedt (Deutschland)
Website: http://culturea.fr
Kontakt: infos@culturea.fr
ISBN:9791041909704
Veröffentlichungsdatum: FEBRUAR 2023
Layout und Design: https://reedsy.com/
Dieses Buch wurde mit der Schriftart Bauer Bodoni gesetzt.

ER WIRT MIR GEBEN

I.

Rechtliche Ausführung

von

Professor Dr. jur. et phil. Karl Binding.

Ich wage am Ende meines Lebens mich noch zu einer Frage zu äußern, die lange Jahre mein Denken beschäftigt hat, an der aber die meisten scheu vorübergehen, weil sie als heikel und ihre Lösung als schwierig empfunden wird, so daß nicht mit Unrecht gesagt werden konnte, es handle sich hier »um einen starren Punkt in unseren moralischen und sozialen Anschauungen«.

Sie geht dahin: soll die unverbotene Lebensvernichtung, wie nach heutigem Rechte — vom Notstand abgesehen —, auf die Selbsttötung des Menschen beschränkt bleiben, oder soll sie eine gesetzliche Erweiterung auf Tötungen von Nebenmenschen erfahren und in welchem Umfange?

Ihre Behandlung führt uns von Fallgruppe zu Fallgruppe, deren Lage jeden von uns aufs tiefste erschüttert. Um so notwendiger ist es, nicht dem Affekt, andererseits nicht der übertriebenen Bedenklichkeit das entscheidende Wort zu überlassen, sondern es auf Grund bedächtiger rechtlicher Erwägung der Gründe für und der Bedenken gegen die Bejahung der Frage zu finden. Nur auf solch fester Grundlage kann weiter gebaut werden.

Ich lege demnach auf strenge juristische Behandlung das größte Gewicht. Gerade deshalb kann den festen Ausgangspunkt für uns nur das geltende Recht bilden: wieweit ist denn heute — wieder vom Notstande abgesehen — die Tötung der Menschen freigegeben, und was muß denn darunter verstanden werden? Den Gegensatz der »Freigabe« bildet die Anerkennung vonTötungsrechten.

Diese bleiben hier vollständig außer Betracht.

Die wissenschaftliche Klarstellung des positivrechtlichen Ausgangspunktes aber ist um so unumgänglicher, als er sehr häufig ganz falsch oder doch sehr ungenau gefaßt wird.

I/ Die heutige rechtliche Natur des Selbstmordes.

Die sog. Teilnahme daran.

I. Von einer Macht, der er nicht widerstehen kann, wird Mensch für Mensch ins Dasein gehoben. Mit diesem Schicksale sich abzufinden — das ist seines Lebens Beruf. Wie er dies tut, das kann innerhalb der engen Grenzen seiner Bewegungsfreiheit er nur selbst bestimmen. Insoweit ist er der geborene Souverän über sein Leben.

Das Recht — ohnmächtig dem Einzelnen die Tragkraft nach der ihm vom Leben auferlegten Traglast zu bestimmen — bringt diesen Gedanken scharf zum Ausdruck durch Anerkennung von jedermanns Freiheit, mit seinem Leben ein Ende zu machen. Nach langer höchst unchristlicher Unterbrechung dieser Anerkennung — von der Kirche gefordert, gestützt auf die unreine Auffassung, der Gott der Liebe könne wünschen, daß der Mensch erst nach unendlicher körperlicher oder seelischer Qual stürbe, — dürfte sie heute, von ganz wenigen zurückgebliebenen Staaten abgesehen, wieder voll zurückgewonnener, für alle Zukunft unangefochtener Besitz bleiben. Das Naturrecht hätte Grund gehabt, von dieser Freiheit als dem ersten aller »Menschenrechte« zu sprechen.

II. Wie diese Freiheit aber gesehen werden muß im Rahmen unseres positiven Rechtes, dies steht noch keineswegs fest. Ebenso in falscher Terminologie wie in falschen praktischen Folgerungen spricht sich diese Unsicherheit aus. Es ist höchste Zeit, daß größte wissenschaftliche Genauigkeit die bisherige ungenaue Behandlung der einschlagenden Fragen ablöse —, daß insbesondere die fundamentale rechtliche Verschiedenheit zwischen dem schlecht sog. Selbstmord und der Tötung Einwilligender klar erkannt werde.

Zwei sich im tiefsten widersprechende Auffassungen vom Selbstmord gehen heute nebeneinander her — beide übereinstimmend nur darin, daß sie falsch sind, und daß sie in die Forderung seiner Straflosigkeit münden.

1. Nach der einen ist der Selbstmord widerrechtliche Handlung, Delikt, qualitativ dem Mord und dem Totschlag aufs engste verwandt, weil Übertretung des Verbotes der Menschentötung.

Solche Ausdehnung der Tötungsnorm ist unseren gemeinrechtlichen Quellen ganz fremd, und alle Beweise für die deliktischen Eigenschaften des Selbstmordes versagen.

Alle religiösen Gründe besitzen für das Recht aus doppeltem Grunde keine Beweiskraft. Sie beruhen hier auf ganz unwürdiger Gottesauffassung, und das Recht ist durch und durch weltlich: auf Regelung des äußeren menschlichen Gemeinlebens eingestellt. Nebenbei gesagt, berührt das neue Testament das Problem mit keinem Wort.

Die gleiche Unkraft, für die Rechtswidrigkeit der Selbsttötung zu beweisen, eignet der ebenso haltlosen als »pharisäischen« (Gaupp) Behauptung, sie sei stets eine unsittliche Handlung und so verstehe sich ihre Rechtswidrigkeit von selbst.

Schon der »harte und lieblose« Name Selbstmord für die eigene Tötung ist tendenziös. Denn dem »Morde« waren stets feige Heimlichkeit und Niedertracht wesentlich. Und nun bedenke man zunächst die große Anzahl psychisch gestörter Personen, die Hand an sich legen! Außerdem gibt es altruistische Selbsttötungen geistig völlig Gesunder, die auf der höchsten Stufe der Sittlichkeit stehen, andererseits Selbsttötungen, die bis auf den tiefsten Grad frivoler Gemeinheit oder elender Feigheit herabsinken können. Ja es gibt unterlassene Selbsttötungen, die gerade wegen der Unterlassung schweren sittlichen Tadel verdienen.

Außerdem ist die unsittliche Handlung als solche durchaus nicht auch rechtswidrig und die rechtmäßige durchaus nicht immer sittlich.

Der Beweis der Widerrechtlichkeit der Selbsttötung könnte nur aus dem exakten Nachweis der positivrechtlichen Tötungsnorm geführt werden. Dafür fehlt aber das Material überall, wo die Selbsttötung nicht unter Strafe gestellt oder sonst unzweideutig als Delikt gekennzeichnet ist. Oder sie könnte sich als Folgerung aus rechtlich feststehenden Prämissen ergeben. Solchen Nachweis versucht Feuerbach, aber in der unzulänglichsten Weise. »Wer in den Staat eintritt — der Neugeborene tritt aber doch nicht ein! —, verpflichtet dem Staat seine Kräfte und handelt rechtswidrig, wenn er ihm diese durch Selbstmord eigenmächtig raubt«. Das ist offenbar eine nichtssagende *petitio principii*.

Für die Deliktsnatur der Selbsttötung fehlt also nicht nur alles Beweismaterial, sondern es fällt auch heutzutage keinem Selbstmörder und keinem seiner Beurteiler auch nur von ferne ein, in der Selbsttötung eine verbotene Handlung zu erblicken und diese wirklich qualitativ auf eine Linie mit Mord und Totschlag zu stellen.

Wer aber die Deliktsauffassung vertritt, der muß unter allen Umständen die sog. Teilnehmer an der Selbsttötung unter der Voraussetzung verschuldeten Handelns gleichfalls als Delinquenten betrachten. Und aus der Straflosigkeit des Selbstmörders ist die der »Teilnehmer« dogmatisch gar nicht ohne weiteres zu folgern: denn sie handeln widerrechtlich gegen das Leben eines Dritten, stehen somit auf höherer Stufe der Strafbarkeit als der, der sich nur an sich selbst vergreift, wenn dessen Tat als Delikt betrachtet wird.

In Konsequenz der Auffassung von der Deliktseigenschaft der Selbsttötung hätten die Staatsorgane, zu deren Aufgabe die Deliktshinderung gehört, ein Zwangsrecht zur Unterlassung der Tötung gegen den Selbstmörder und seine sog. Teilnehmer, wogegen diesen Allen natürlich ein Notwehrrecht nicht zustünde.

2. Ganz naturrechtlich gedacht, wenn auch durchaus nicht immer von den durch die kirchliche Auffassung stark beeinflußten Naturrechtslehrern vertreten, ist die entgegengesetzte Auffassung: die Selbsttötung ist Ausübung eines Tötungsrechtes. Auch sie findet in den Quellen nicht die geringste Stütze: denn die Straflosigkeit des Selbstmordes kann als solche nicht betrachtet werden. Es gibt straflose Delikte in Fülle.

So ist sie eine rein theoretische Konstruktion, die sich einer vollständigen Verkennung des Wesens der subjektiven Rechte und der üblichen Verwechslung der Reflexwirkungen von Verboten mit solchen Rechten schuldig macht. Da die Tötung nur des Nebenmenschen verboten ist, so wird gefolgert, hat jeder Mensch ein Recht entweder auf Leben oder am Leben oder garüber das Leben — alle drei Auffassungen sind gleich verkehrt —, und kraft dieses Besitzrechtes darf er das Leben ebenso behaupten als von sich werfen, besitzt er also ein Tötungsrecht an sich selbst oder wider sich selbst, ja kann dieses vielleicht gar mit Bezug auf sich selbst auf andere übertragen.

Lasse ich das ganz unmögliche Recht auf oder am oder über das eigene Leben einmal auf sich beruhen — ganz gut dagegen E. Rupp S. 15 —, so ist gegen das Selbst-Tötungsrecht einzuwenden, daß Handlungsrechte nur zu Zwecken verliehen werden, welche der Rechtsordnung generell als ihr konform, ihr förderlich erscheinen. Darin liegt also eine generelle Billigung der Handlung von Rechts wegen. Solche verbietet sich jedoch gegenüber der Selbsttötung unbedingt. Übt diese doch in einer nicht kleinen Zahl ihrer Vorkommnisse auf dem Rechtsgebiet sehr empfindliche schädliche Wirkungen aus: etwa die Begründung weitgehender öffentlicher Unterstützungspflichten. Ja, sie kann geradezu das Mittel zur Verletzung schwerer Rechtspflichten bilden: etwa der Pflichten, seine Schulden zu bezahlen, seine Strafe zu verbüßen, an gefährlicher Stelle vor dem Feinde Vorpostendienste zu leisten oder an einem Angriff teilzunehmen.

Stellt man sich aber einmal auf diesen Standpunkt der Anerkennung von der Rechtmäßigkeit der Selbsttötungshandlung, so ergibt sich,

a. daß niemand ein Recht besitzen kann, den Selbstmörder an seiner rechtmäßigen Tat zu hindern;

b. daß diesem gegen jeden Hinderungsversuch ein Notwehrrecht zusteht;

c. daß, wenn man das Recht jedes Menschen, sich selbst zu töten, gar als ein übertragbares betrachtet, alle sog. Teilnehmer, die mit seiner beachtlichen Einwilligung handeln — aber allerdings nur diese —, gleichfalls rechtmäßig handeln, also gleichfalls daran von niemandem gehindert werden dürfen und gegen jeden Hinderungsversuch die Notwehr besitzen.

Alle Teilnehmer jedoch, die ohne solche Einwilligung handeln, begehen Unerlaubtes, dürfen, ja müssen eventuell an der Ausführung ihrer Handlung gehindert werden, und machen sich im Schuldfall grundsätzlich verantwortlich.

Ja, vom Standpunkt dieses übertragbaren Tötungsrechtes aus muß sogar

d. die Tötung des beachtlich Einwilligenden gleichfalls als rechtmäßige Tötungshandlung betrachtet werden.

III. Läßt sich der Selbstmord weder als eine deliktische noch als eine rechtmäßige Handlung auffassen, so bleibt nur übrig, ihn als eine rechtlich unverbotene Handlung zu begreifen. Diese Auffassung, die freilich in recht verschiedener Formulirung mehr und mehr durchdringt, findet eine verschiedene Begründung, welche Verschiedenheit hier auf sich beruhen bleiben kann. Ich habe mich früher darüber so ausgesprochen: dem Rechte als der Ordnung des menschlichen Gemeinschaftslebens »widerstrebe die Scheidung von Rechtssubjekt und Rechtsobjekt auf das Individuum zu übertragen und dieses einem Dualismus untertan zu machen, wonach es auch für sich selbst Güterqualität, vielleicht gar Sachenqualität annehmen muß, damit es Rechte an sich selbst und Rechtspflichten wider sich selbst erlangen könne.«

Es bleibt eben dem Rechte nichts übrig, als den lebenden Menschen als Souverän über sein Dasein und die Art desselben zu betrachten.

Daraus ergeben sich sehr wichtige Konsequenzen:

1. Diese Anerkennung gilt nur dem Lebensträger selbst. Nur seine Handlung gegen sich selbst ist unverboten.

2. Diese Anerkennung stellt keine Ausnahme vom Tötungsverbot dar; denn das Verbot untersagt nur die Tötung des Nebenmenschen, und daraus folgt das Unverbotensein der Selbsttötung.

3. Alle sog. Teilnahme am Selbstmord unterfällt der Tötungsnorm, ist also widerrechtlich, kann, ja muß unter Umständen unter Strafe genommen werden, falls es nicht, was möglich ist, an der Schuld fehlt. Das »kann« besagt: *de lege ferenda*, das »muß« besagt: *de lege lata*, falls der sog. Teilnehmer Mittäter oder Urheber ist.

4. Nur die Handlung des Verstorbenen ist unverboten. Ganz ohnmächtig ist er, durch seine Zustimmung auch die Handlungen Dritter zu unverbotenen zu gestalten. Mit allerbestem Grunde betrachtet unser positives Recht die Tötung der Einwilligenden als Delikt.

5. Ist ihm die Handlung unverboten, so darf ihn niemand daran hindern, wenn er genügend weiß, was er tut; gegen den Hindernden hat er dann das Notwehrrecht; der Zwang gegen ihn, die Handlung zu unterlassen, ist rechtswidrige Nötigung.

Diese Erretter vom Selbstmord handeln meist *optima fide* und gehen dann straflos aus. Eine starke Stütze für ihren Standpunkt bildet die Erfahrung, daß der gerettete Selbstmörder oft sehr glücklich über seine Rettung ist und den zweiten Versuch nach dem mißlungenen ersten meist unterläßt.

IV. Der rechtlich und sozial schwache Punkt der Freigabe aller Selbsttötung ist der Verlust einer ganzen Anzahl noch durchaus lebenskräftiger Leben, deren Träger nur zu bequem oder zu feig sind, ihre durchaus tragbare Lebenslast weiter zu schleppen.

Es fällt dies für die Wertung der Schuld der sog. Teilnehmer stark in die Wagschale. Die bewußte Beihilfe zum Selbstmord des Todkranken wiegt erheblich leichter wie die zu dem der Gesunden, der sich etwa seinen Gläubigern entziehen will.

II/ Keiner besonderen Freigabe bedarf die reine Bewirkung der Euthanasie in richtiger Begrenzung.

Scheinbar und für eine rein kausale Betrachtung ganz zweifellos eine Tötung Dritter, welche bisher nach meiner Kenntnis strafrechtlich noch nicht verfolgt worden ist, bildet die Herbeiführung der sog. Euthanasie.

I. Der in der neueren Literatur aufgetauchte unschöne Name der »Sterbehilfe« ist zweideutig. Völlig außer Betracht muß hier das schmerzstillende Mittel bleiben, das die wirkende Todesursache der Krankheit in ihrer Wirkung beläßt. Allein bedeutsam wird für unsere Betrachtung die Verdrängung der schmerzhaften, vielleicht auch noch länger dauernden, in der Krankheit wurzelnden Todesursache durch eine schmerzlosere andere. Einem am Zungenkrebs furchtbar schwer Leidenden macht der Arzt oder ein anderer Hilfsreicher eine tödliche Morphiuminjektion, die schmerzlos, vielleicht auch rascher, vielleicht aber auch erst in etwas längerer Zeit den Tod herbeiführt.

II. Um die rechtliche Natur dieser Handlung, ihre Rechtswidrigkeit oder ihr Unverbotensein — denn von einem subjektiven Recht ihrer Vornahme kann unmöglich gesprochen werden — ist derselbe m. E. ganz unnötige Streit entstanden wie über die Natur des ärztlichen — richtiger des auf Heilung abzielenden — scheinbaren Eingriffs in die Gesundheit, besonders in die Körperintegrität eines anderen.

Die Lage, in welcher diese Handlung der Bewirkung von Euthanasie vorgenommen wird, muß aber genau präzisirt werden: dem innerlich Kranken oder dem Verwundeten steht der Tod von der Krankheit oder der Wunde, die ihn quält, sicher und zwar alsbald bevor, so daß der Zeitunterschied zwischen dem infolge der Krankheit vorauszusehenden und dem durch das untergeschobene Mittel verursachten Tode nicht in Betracht fällt. Von einer spürbaren Verringerung der Lebenszeit der Verstorbenen kann dann überhaupt nicht oder höchstens nur von einem beschränkten Pedanten gesprochen werden.

Wer also einem Paralytiker am Anfang von dessen vielleicht auf die Dauer von Jahren zu berechnenden Krankheit auf dessen Bitte oder vielleicht sogar ohne diese die tödliche Morphiumeinspritzung macht — bei dem kann von reiner Bewirkung der Euthanasie keine Rede sein. Hier ist eine starke, auch für das Recht ins Gewicht fallende Lebensverkürzung vorgenommen worden, die ohne rechtliche Freigabe unzulässig ist.

III. In demselben Augenblick aber wird klar: die sichere Ursache qualvollen Todes war definitiv gesetzt, der baldige Tod stand in sichere Aussicht. An dieser toddrohenden Lage wird nichts geändert, als die Vertauschung der vorhandenen Todesursache durch eine andere von der gleichen Wirkung, welche die Schmerzlosigkeit vor ihr voraus hat. Das ist keine »Tötungshandlung im Rechtssinne«, sondern nur eine Abwandelung der schon unwiderruflich gesetzten Todesursache, deren Vernichtung nicht mehr gelingen kann: es ist in Wahrheit eine reine Heilhandlung. »Die Beseitigung der Qual ist auch Heilwerk.«

Als verbotene Tötung könnte solch Verhalten nur betrachtet werden, wenn die Rechtsordnung barbarisch genug wäre zu verlangen, daß der Todkranke durchaus an seinen Qualen zugrunde gehen müsse. Davon kann doch zurzeit keine Rede mehr sein.

Es ist beschämend, daß man je daran hat denken, je danach hat handeln können!

IV. Daraus ergibt sich: es handelt sich hier gar nicht um eine statuirte Ausnahme von der Tötungsnorm, um eine rechtswidrige Tötung, falls von dieser nicht eine Ausnahme ausdrücklich anerkannt worden wäre, sondern um unverbotenes Heilwerk von segensreichster Wirkung für schwer gequälte Kranke, um eine Leidverringerung für noch Lebende, solange sie noch leben, und wahrlich nicht um ihre Tötung.

So muß die Handlung als unverboten betrachtet werden, auch wenn das Gesetz ihrer gar nicht im Sinne der Anerkennung Erwähnung tut.

Und zwar kommt es dabei auf die Einwilligung des gequälten Kranken gar nicht an. Natürlich darf die Handlung nicht seinem Verbot zuwider vorgenommen werden, aber in sehr vielen Fällen werden momentan Bewußtlose Gegenstand dieses heilenden Eingriffes sein müssen.

Aus der Natur dieser Handlung ergibt sich auch, daß die Beihilfe zu ihr und die Bestimmung dazu seitens eines Dritten gleichfalls durchaus unverboten sind.

Die irrtümliche Annahme der Tödlichkeit der Lage kann den zur Bewirkung der Euthanasie Verschreitenden wegen fahrlässiger Tötung verantwortlich machen.

III/ Ansätze zu weiterer Freigabe.

Unsere Anfangsuntersuchung hat ergeben: unverboten ist heute ganz allein die Selbsttötung in vollstem Umfange. Von einer Freigabe der sog. Teilnahme daran ist zurzeit gar keine Rede. Denn in allen Formen ist sie deliktischer Natur. Auch durch die Einwilligung des Selbstmörders kann sie davon nicht entkleidet werden. Aber zufolge der verkehrten akzessorischen Behandlung der sog. Teilnahme im Gesetzbuch wird bewirkt, daß die Beihilfe zum Selbstmord straflos bleiben muß, und in der vorsätzlichen Bestimmung zum Selbstmord keine Anstiftung zu demselben im Sinne des § 48 des GB. gefunden werden darf — einerlei ob der Selbstmörder zurechnungsfähig ist oder nicht.

Eine weitere Freigabe könnte also nur eine Freigabe der Tötung des Nebenmenschen sein. Sie würde bewirken, was die Freigabe des Selbstmordes nicht bewirkt: eine echte Einschränkung des rechtlichen Tötungsverbotes.

Für eine solche ist neuerdings verschiedentlich eingetreten worden, und als Stichwort oder Schlagwort für diese Bewegung wurde der Ausdruck von dem Recht auf den Tod geprägt.

Darunter ist nicht sowohl ein echtes Recht auf den Tod verstanden, sondern es soll damit nur ein rechtlich anzuerkennender Anspruch gewisser Personen auf Erlösung aus einem unerträglichen Leben bezeichnet werden.

Diese neue Bewegung ist vorbereitet durch zwei Strömungen, deren eine, die radikalere, sich durchaus in dem Gebiet der aprioristischen wie der gesetzauslegenden Theorie, die andere, ängstlichere und zurückhaltendere, sich in dem der Gesetzgebungen gebildet hat.

I. Es ist bekannt, daß die Römer die Tötung des Einwilligenden straflos gelassen haben. Auf Grund ganz übertreibender Deutung der *l. 1 §5 D de injuriis 47, 10: quia nulla injuria est, quae in volentem fit*, die sich lediglich auf das römische Privatdelikt der *injuria* bezog, wurde nun wieder die ganz naturrechtliche Lehre ausgebildet von der ungeheuren Macht der Einwilligung des Verletzten in die Verletzung. Diese schließe durchweg, wenn überhaupt von einem der Tragweite dieser Einwilligung Bewußten erteilt, soweit es bei Delikten überhaupt einen Verletzten gebe, die Rechtswidrigkeit der Verletzung aus: die Handlung könne also gar nicht gestraft werden, jede Verletzung des Einwilligenden, insbesondere seine Tötung, sei unverbotene Handlung.

Auf diesen Standpunkt stellten sich im vorigen Jahrhundert W. v. Humboldt, Henke und Wächter, später besonders Ortmann, Rödenbeck, Keßler, Klee,E. Rupp. Bleiben sie konsequent, so müssen sie energische Gegner des GB. § 216 werden.

II. Die Bewegung innerhalb der Gesetzgebung knüpft gleichfalls an die Einwilligung in die Verletzung an, die im Interesse ihrer klareren Erkennbarkeit und leichteren Beweisbarkeit zum Verlangen der Verletzung gesteigert wurde.

Dieses Verlangen der Tötung wird zum Strafmilderungsgrund, die Tötung auf Verlangen bleibt also echtes Verbrechen — Verbrechen natürlich nicht im Sinn des RStGB. § 1 genommen.

Es hat damit begonnen das Preußische Landrecht T. II Tit. 20 § 834. Viele deutschen Strafgesetzbücher sind ihm gefolgt, aber nicht schon das Bayrische v. 1813, sondern zuerst das Sächsische v. 1838. Auch das Preußische verhielt sich ablehnend, ebenso von seinen Nachfolgern das Oldenburgische v. 1858 und das Bayrische v. 1861, nicht aber das Lübische (s. § 145).

Es zwang diese Abweisung des Verlangens als Strafmilderungsgrundes zu dem furchtbar harten Schluß, die Tötung des Einwilligenden der Strafe des Mordes oder des Totschlages zu unterstellen.

Diese unerträgliche Notwendigkeit hat denn auch dazu geführt, in den dritten Entwurf des Norddeutschen Strafgesetzbuchs — die beiden ersten hatten wirklich geschwiegen! — die Tötung des den Tod ausdrücklich und ernstlich Verlangenden seitens dessen, an den das Verlangen gerichtet war, als selbständiges Tötungs-»Vergehen« aufzunehmen und deshalb unter die im Mindestbetrag noch viel zu hohe Gefängnisstrafe von nicht unter 3 Jahren zu stellen. Dieser Vorschlag hat dann unverändert Aufnahme in das Gesetz gefunden.

Es liegt dem das richtige Verständnis eines notwendig anzuerkennenden Strafmilderungsgrundes unter.

Die Tötung des Einwilligenden hat nicht nötig, den Lebenswillen des Opfers zu brechen, durch welche Vergewaltigung die regelmäßige Tötung erst ihre furchtbare Schwere erlangt.

Darin liegt der Zwang, den Deliktsgehalt der Tötung des Einwilligenden zunächst als objektiv bedeutend geringer zu fassen. Damit wird auf der subjektiven Seite eine Abmilderung der Schuld dann Hand in Hand gehen, wenn die Handlung aus Mitleiden verübt wird. Aber notwendig ist dies zur Strafmilderung gar nicht — weder nach theoretischem Gesichtspunkte, noch *de lege lata*. Indessen weiter als zur Strafmilderung führt die zum Verlangen gesteigerte Einwilligung in die Tötung *de lege lata* nicht.

Der rechtlich schwachen Punkte dieser privilegirten Art vorsätzlicher Tötung sind drei: 1. die gesetzliche Steigerung der Einwilligung zum Verlangen oder gar zum ausdrücklichen Verlangen zwingt, die Tötung des nicht in dieser gesteigerten Form Einwilligenden auch wieder als Mord oder gewöhnlichen Totschlag zu behandeln;

2. das Gesetz unterscheidet nicht zwischen Vernichtung des lebenswerten und des lebensunwerten Lebens;

3. das Gesetz erweist seine Wohltat auch dem sehr grausam Tötenden. — Den zweiten dieser Mängel hat aber eine Anzahl unserer Strafgesetzbücher klar erkannt.

Fünf unserer früheren Strafgesetzbücher, zuerst das Württembergische v. 1839 (A. 239), kennen ein doppelt privilegirtes Tötungsverbrechen: nämlich die Tötung auf Verlangen vollführt an » einem Todkranken oder tödlich Verwundeten«.

Hier bricht klar der Gedanke durch, daß solch Leben den vollsten Strafschutz nicht mehr verdient, und daß das Verlangen seiner Vernichtung rechtlich eine größere Beachtung zu finden hat, als das Verlangen der Vernichtung robusten Lebens.

Dieser sehr gute Anfang hat jedoch im Reichsstrafgesetz keinen Fortgang, dagegen in der Literatur sehr lebhafte Aufnahme gefunden!

IV/ Steigerung der Privilegirungsgründe des Tötungsdeliktes zu Gründen für die Freigabe der Tötung Dritter?

Bedenkt man, daß eine ganze Anzahl namhafter Juristen die Einwilligung in die Tötung deren Rechtswidrigkeit überhaupt ganz aufheben lassen, somit die Tötung des Einwilligenden jedenfalls als unverboten behandelt sehen wollen, daß andererseits in neuerer Zeit von edlem Mitleid mit unertragbar leidenden Menschen stark bewegte und erfüllte Stimmen für Freigabe der Tötung solcher laut geworden sind, so muß man doch wohl behaupten: es stünde zurzeit *de lege ferenda* doch zur Frage, ob nicht der eine oder der andere dieser beiden Strafmilderungsgründe zu einem Strafausschließungsgrund erhoben oder ob nicht mindestens beim Zusammentreffen der beiden Privilegirungsgründe: Einwilligung und unerträglichen Leidens die Tötung als gerechtfertigt, will sagen als unverboten betrachtet werden solle?

Es ist nicht uninteressant zu sehen, daß die Verfasser des Vorentwurfs von 1909 die Privilegirung dessen unbedingt ablehnen, »der einen hoffnungslosen Kranken ohne dessen Verlangen aus Mitleiden des Lebens beraube«.

Wie rückständig sind diese Gesetzgeber der Gegenwart hinter dem Preußischen Landrecht geblieben, das Teil II Tit. XX § 833 für die damalige Zeit so großherzig und zugleich juristisch so fein bestimmt hat: »Wer tödtlich Verwundeten, oder sonst Todtkranken, in vermeintlich guter Absicht, das Leben verkürzt, ist gleich einem fahrlässigen Totschläger nach § 778.779 zu bestrafen.« Die angedrohte Strafe ist sehr mild: Gefängnis oder Festung »auf einen Monat bis zwei Jahre«.

Über hundert Jahre sind seitdem ins Land gegangen, und solch köstliche Satzung hat für das deutsche Volk keine Frucht getragen!

Das Norwegische Strafgesetzbuch v. 22. Mai 1902 § 235 hat die Strafbarkeit solcher Tötung der der Tötung des Einwilligenden gleichgestellt. Die Motive des deutschen Entwurfs von 1909 führen aus: solche Vorschrift könne »in schlimmster Weise mißbraucht und das Leben erkrankter Personen in erheblichster Weise gefährdet werden«, auch sei eine befriedigende Fassung dafür kaum zu finden.

I. Ich will nun für den Augenblick einmal beide Fäden abreißen, um sie später wieder anzuknüpfen, vor allem Weiteren aber die Vorfrage stellen, die gegenwärtig m. E. unbedingt gestellt werden muß. Die juristische, scheinbar so geschäftsmäßige Formulirung scheint auf große Herzlosigkeit zu deuten: in Wahrheit entspringt sie nur dem tiefsten Mitleiden.

Gibt es Menschenleben, die so stark die Eigenschaft des Rechtsgutes eingebüßt haben, daß ihre Fortdauer für die Lebensträger wie für die Gesellschaft dauernd allen Wert verloren hat?

Man braucht sie nur zu stellen und ein beklommenes Gefühl regt sich in jedem, der sich gewöhnt hat, den Wert des einzelnen Lebens für den Lebensträger und für die Gesamtheit auszuschätzen. Er nimmt mit Schmerzen wahr, wie verschwenderisch wir mit dem wertvollsten, vom stärksten Lebenswillen und der größten Lebenskraft erfüllten und von ihm getragenen Leben umgehen, und welch Maß von oft ganz nutzlos vergeudeter Arbeitskraft, Geduld, Vermögensaufwendung wir nur darauf verwenden, um lebensunwerte Leben so lange zu erhalten, bis die Natur — oft so mitleidlos spät — sie der letzten Möglichkeit der Fortdauer beraubt.

Denkt man sich gleichzeitig ein Schlachtfeld, bedeckt mit Tausenden toter Jugend, oder ein Bergwerk, worin schlagende Wetter Hunderte fleißiger Arbeiter verschüttet haben, und stellt man in Gedanken unsere Idioteninstitute mit ihrer Sorgfalt für ihre lebenden Insassen daneben — und man ist auf das tiefste erschüttert von diesem grellen Mißklang zwischen der Opferung des teuersten Gutes der Menschheit im größten Maßstabe auf der einen und der größten Pflege nicht nur absolut wertloser, sondern negativ zu wertender Existenzen auf der anderen Seite.

Daß es lebende Menschen gibt, deren Tod für sie eine Erlösung und zugleich für die Gesellschaft und den Staat insbesondere eine Befreiung von einer Last ist, deren Tragung außer dem einen, ein Vorbild größter Selbstlosigkeit zu sein, nicht den kleinsten Nutzen stiftet, läßt sich in keiner Weise bezweifeln.

Ist dem aber so — gibt es in der Tat menschliche Leben, an deren weiterer Erhaltung jedes vernünftige Interesse dauernd geschwunden ist, — dann steht die Rechtsordnung vor der verhängnisvollen Frage, ob sie den Beruf hat, für deren unsoziale Fortdauer tätig einzutreten — insbesondere auch durch vollste Verwendung des Strafschutzes — oder unter bestimmten Voraussetzungen ihre Vernichtung freizugeben? Man kann die Frage legislatorisch auch dahin stellen: ob die energische Forterhaltung solcher Leben als Beleg für die Unangreifbarkeit des Lebens überhaupt den Vorzug verdiene, oder die Zulassung seiner alle Beteiligten erlösenden Beendigung als das kleinere Übel erscheine?

II. Über die notwendig zu gebende Antwort kann nach kühl rechnender Logik kaum ein Zweifel obwalten. Ich bin aber der festen Überzeugung, daß die Antwort durch rechnende Vernunft allein nicht definitiv gegeben werden darf: ihr Inhalt muß durch das tiefe Gefühl für ihre Richtigkeit die Billigung erhalten. Jede unverbotene Tötung eines Dritten muß als Erlösung mindestens für ihn empfunden werden: sonst verbietet sich ihre Freigabe von selbst.

Daraus ergibt sich aber eine Folgerung als unbedingt notwendig: die volle Achtung des Lebenswillens aller, auch der kränksten und gequältesten und nutzlosesten Menschen.

Nach Art des den Lebenswillen seines Opfers gewaltsam brechenden Mörders und Totschlägers kann die Rechtsordnung nie vorzugehen gestatten.

Selbstverständlich kann auch gegenüber dem Geistesschwachen, der sich bei seinem Leben glücklich fühlt, von Freigabe seiner Tötung nie die Rede sein.

III. Die in Betracht kommenden Menschen zerfallen nun, soweit ich zu sehen vermag, in zwei große Gruppen, zwischen welche sich eine Mittelgruppe einschiebt. In

1. die zufolge Krankheit oder Verwundung unrettbar Verlorenen, die im vollen Verständnis ihrer Lage den dringenden Wunsch nach Erlösung besitzen und ihn in irgendeiner Weise zu erkennen gegeben haben.

Die beiden oben erwähnten Privilegirungsgründe treffen hier zusammen. Ich denke besonders an unheilbare Krebskranke, unrettbare Phthisiker, an irgendwie und -wo tödlich Verwundete.

Ganz unnötig scheint mir, daß das Verlangen nach dem Tode aus unerträglichen Schmerzen entspringt. Die schmerzlose Hoffnungslosigkeit verdient das gleiche Mitleid.

Ganz gleichgültig erscheint auch, ob unter anderen Verhältnissen der Kranke hätte gerettet werden können, falls diese günstigeren Verhältnisse sich eben nicht beschaffen lassen. »Unrettbar« ist also nicht in absolutem Sinne, sondern als unrettbar in der konkreten Lage zu verstehen. Wenn zwei Freunde zusammen in abgelegenster Gegend eine gefährliche Bergwanderung machen, der eine schwer abstürzt und beide Beine bricht, der andere aber ihn nicht fortschaffen, auch menschliche Hilfe nicht errufen oder sonst erlangen kann, so ist eben der Zerschmetterte unrettbar verloren. Sieht er das ein und erfleht er vom Freunde den Tod, so wird dieser kaum widerstehen können und wenn er kein Schwächling ist, selbst auf die Gefahr hin in Strafe genommen zu werden, auch nicht widerstehen wollen. Auf dem Schlachtfeld ereignen sich sicher analoge Fälle zur Genüge. Die Menschen vom richtigen und würdigen Handeln abzuhalten — dazu ist die Strafe nicht da und dazu soll ihre Androhung auch nicht verwendet werden!

Unbedingt notwendige Voraussetzung ist aber nicht nur die Ernstlichkeit der Einwilligung oder des Verlangens, sondern auch für die beiden Beteiligten die richtige Erkenntnis und nicht nur die hypochondrische Annahme des unrettbaren Zustandes und die reife Auffassung dessen, was die Aufgabe des Lebens für den den Tod Verlangenden bedeutet.

Die Einwilligung des »Geschäftsunfähigen« (BGB. § 104) genügt regelmäßig nicht. Aber auch eine große Zahl weiterer »Einwilligungen« wird als unbeachtlich betrachtet werden müssen. Andererseits gibt es beachtliche Einwilligungen auch von Minderjährigen noch unter 18 Jahren, ja auch von Wahnsinnigen.

Wenn diese Unrettbaren, denen das Leben zur unerträglichen Last geworden ist, nicht zur Selbsttötung verschreiten, sondern — was sehr inkonsequent sein kann, aber doch nicht selten sich ereignen mag — den Tod von dritter Hand erflehen, so liegt der Grund zu diesem inneren Widerspruch vielfach in der physischen Unmöglichkeit der Selbsttötung, etwa in zu großer Körperschwäche der Kranken, in der Unerreichbarkeit der Mittel zur Tötung, vielleicht auch darin, daß er überwacht wird oder am Versuche des Selbstmordes gehindert würde, vielfach aber auch in reiner Willensschwäche.

Ich kann nun vom rechtlichen, dem sozialen, dem sittlichen, dem religiösen Gesichtspunkt aus schlechterdings keinen Grund finden, die Tötung solcher den Tod dringend verlangender Unrettbarer nicht an die, von denen er verlangt wird, freizugeben: ja ich halte diese Freigabe einfach für eine Pflicht gesetzlichen Mitleids, wie es sich ja doch auch in anderen Formen vielfach geltend macht. Über die Art des Vollzugs wird später das Nötige zu sagen sein.

Wie steht es aber mit der Rücksichtnahme auf die Gefühle, vielleicht gar auf starke Interessen der Angehörigen an der Fortdauer dieses Lebens? Die Frau des Kranken, die ihn schwärmerisch liebt, klammert sich an sein Leben. Vielleicht erhält er durch Bezug seiner Pension seine Familie, und diese widerspricht dem Gnadenakt auf das energischste.

Mir will jedoch scheinen, das Mitleid mit dem Unrettbaren muß hier unbedingt überwiegen. Seine Seelenqual ihm tragen zu helfen vermag auch von seinen Geliebten keiner. Nichts kann er für sie tun; täglich verstrickt er sie in neues Leid, fällt ihnen vielleicht schwer zur Last; er muß entscheiden, ob er dies verlorene Leben noch tragen kann. Ein Einspruchsrecht, ein Hinderungsrecht der Verwandten kann nicht anerkannt werden — immer vorausgesetzt, daß das Verlangen nach dem Tode ein beachtliches ist.

2. Die zweite Gruppe besteht aus den unheilbar Blödsinnigen — einerlei ob sie so geboren oder etwa wie die Paralytiker im letzten Stadium ihres Leidens so geworden sind.

Sie haben weder den Willen zu leben, noch zu sterben. So gibt es ihrerseits keine beachtliche Einwilligung in die Tötung, andererseits stößt diese auf keinen Lebenswillen, der gebrochen werden müßte. Ihr Leben ist absolut zwecklos, aber sie empfinden es nicht als unerträglich. Für ihre Angehörigen wie für die Gesellschaft bilden sie eine furchtbar schwere Belastung. Ihr Tod reißt nicht die geringste Lücke — außer vielleicht im Gefühl der Mutter oder der treuen Pflegerin. Da sie großer Pflege bedürfen, geben sie Anlaß, daß ein Menschenberuf entsteht, der darin aufgeht, absolut lebensunwertes Leben für Jahre und Jahrzehnte zu fristen.

Daß darin eine furchtbare Widersinnigkeit, ein Mißbrauch der Lebenskraft zu ihrer unwürdigen Zwecken, enthalten ist, läßt sich nicht leugnen.

Wieder finde ich weder vom rechtlichen, noch vom sozialen, noch vom sittlichen, noch vom religiösen Standpunkt aus schlechterdings keinen Grund, die Tötung dieser Menschen, die das furchtbare Gegenbild echter Menschen bilden und fast in Jedem Entsetzen erwecken, der ihnen begegnet, freizugeben — natürlich nicht an Jedermann! In Zeiten höherer Sittlichkeit — der unseren ist aller Heroismus verloren gegangen — würde man diese armen Menschen wohl amtlich von sich selbst erlösen. Wer aber schwänge sich heute in unserer Entnervtheit zum Bekenntnis dieser Notwendigkeit, also solcher Berechtigung auf?

Und so wäre heute zu fragen: wem gegenüber darf und soll diese Tötung freigegeben werden? Ich würde meinen, zunächst den Angehörigen, die ihn zu pflegen haben, und deren Leben durch das Dasein des Armen dauernd so schwer belastet wird, auch wenn der Pflegling in eine Idiotenanstalt Aufnahme gefunden hat, dann auch ihren Vormündern — falls die einen oder die anderen die Freigabe beantragen.

Den Vorstehern gerade dieser Anstalten zur Pflege der Idioten wird solch Antragsrecht kaum gegeben werden können. Auch würde ich meinen, der Mutter, die trotz des Zustandes ihres Kindes sich die Liebe zu ihm nicht hat nehmen lassen, sei ein Einspruch freizugeben, falls sie die Pflege selbst übernimmt oder dafür aufkommt. Weitaus am besten würde der Antrag gestellt, sobald der unheilbare Blödsinn die Feststellung gefunden hätte.

3. Ich habe von einer Mittelgruppe gesprochen und finde sie in den geistig gesunden Persönlichkeiten, die durch irgendein Ereignis, etwa sehr schwere, zweifellos tödliche Verwundung, bewußtlos geworden sind, und die, wenn sie aus ihrer Bewußtlosigkeit noch einmal erwachen sollten, zu einem namenlosen Elend erwachen würden.

Soviel ich weiß, können diese Zustände der Bewußtlosigkeit so lange dauern, daß von den Voraussetzungen zulässiger Bewirkung der Euthanasie nicht mehr die Rede sein kann. Aber in den meisten Fällen dieser Gruppe dürften diese doch vorhanden sein. Dann greift der Grundsatz durch.

Bezüglich des wohl kleinen Restes ist aber zu bemerken:

Auch hier fehlt — wenn auch aus ganz anderem Grunde wie bei den Idioten — die mögliche Einwilligung des Unrettbaren in die Tötung. Wird diese doch eigenmächtig vorgenommen in der Überzeugung, der Getötete würde, wenn er dazu imstande gewesen wäre, seine Zustimmung zur Tötung erteilt haben, so läuft der Täter bewußt ein großes Risiko aus Mitleid mit dem Bewußtlosen, nicht um ihm das Leben zu rauben, sondern um ihm ein furchtbares Ende zu ersparen.

Ich glaube nicht, daß sich für diese Gruppe der Tötungen eine Regelbehandlung aufstellen läßt. Es werden Fälle auftauchen, worin die Tötung sachlich als durchaus gerechtfertigt erscheint; es kann sich aber auch ereignen, daß der Täter übereilt gehandelt hat in der Annahme, das Richtige zu tun. Dann wird er nie vorsätzlich rechtswidriger, wohl aber eventuell fahrlässiger Tötung schuldig.

Für die nachträglich als gerechtfertigt anerkannte Tötung sollte gesetzlich die Möglichkeit eröffnet werden, sie straflos zu lassen.

Die Personen also, die für die Freigabe ihrer Tötung allein in Betracht kommen, sind stets nur die unrettbar Kranken, und zu der Unrettbarkeit gesellt sich stets das Verlangen des Todes oder die Einwilligung, oder sie würde sich dazu gesellen, wenn der Kranke nicht in dem kritischen Zeitpunkt der Bewußtlosigkeit verfallen wäre oder wenn der Kranke je zum Bewußtsein seines Zustandes hätte gelangen können.

Wie schon oben ausgeführt, ist jede Freigabe der Tötung mit Brechung des Lebenswillens des zu Tötenden oder des Getöteten ausgeschlossen.

Ebenso ausgeschlossen ist die Freigabe der Tötung an Jedermann — ich will einmal den furchtbaren Ausdruck einer *proscriptio bona mente* gebrauchen.

Wie die Selbsttötung nur einer einzigen Person freigegeben ist, so kann die Tötung Unrettbarer nur solchen freigegeben werden, die sie nach Lage der Dinge zu retten berufen wären, deren Mitleidstat deshalb das Verständnis aller richtig empfindenden Menschen finden wird.

Den Kreis dieser Personen gesetzlich bestimmt zu umgrenzen, ist untunlich. Ob der Antragsteller und der Vollstrecker der Freigabe im einzelnen Falle dazu gehörten, kann nur für jeden Einzelfall festgestellt werden.

Die Angehörigen werden vielfach, aber keineswegs immer dazu gehören. Der Haß kann auch die Maske des Mitleides annehmen und Kain erschlug seinen Bruder Abel.

V/ Die Entscheidung über die Freigabe.

Es wäre möglich, daß diese Vorschläge der Erweiterung des Gebietes unverbotener Tötung seis ganz, seis wenigstens in ihrem ersten Teile theoretische Billigung fänden, daß aber ihre praktische Undurchführbarkeit gegen sie ins Feld geführt würde.

Mit gutem Grunde könnte gesagt werden: Voraussetzung der Freigabe bildet immer der pathologische Zustand dauernder tödlicher Krankheit oder unrettbares Idiotentum. Dieser Zustand bedarf objektiver sachverständiger Feststellung, die doch unmöglich in die Hand des Täters gelegt werden kann. Wäre doch sehr leicht denkbar, daß irgendwer an dem frühzeitigeren Hinscheiden des Kranken ein großes, vielleicht gar vermögensrechtliches Interesse hätte, und den behandelnden Arzt zum tödlichen Eingreifen erfolgreich zu bestimmen suchte, oder daß dieser von sich aus beschlösse, auf ungenügende Diagnose hin das Schicksal zu spielen.

Vergegenwärtigt man sich nun die einschlagenden Fälle in ihrer Verschiedenheit, so zeigt sich ein großer Unterschied, je nachdem der tödliche Eingriff sich akut notwendig macht, oder genügende Zeit für die Vorprüfung seiner Voraussetzungen gelassen ist. In der zweiten Gruppe wird diese Zeit stets gegeben sein, in der dritten, bei länger dauernder Bewußtlosigkeit wohl auch manchesmal, in der ersten in einer größeren Anzahl der Fälle — ob der überwiegend größeren, bleibt zweifelhaft. Man wird die Forderung aufstellen müssen, daß wenn es irgend angängig ist, diese nötige Zeit sorgfältigster Vorprüfung ausgespart, daß aber auch diese Vorprüfung in möglichst beschleunigtem Verfahren erledigt, und der Beschluß sofort gefaßt wird.

Das Verfahren mit obligatorischer Vorprüfung muß, soweit möglich, als das ausnahmelose betrachtet werden.

Fragen wir zunächst, wie es zweckmäßig einzurichten wäre, und dann, was mit den armen Unrettbaren und mit denen wird, deren Mitleid sie erlösen möchte, wenn die Möglichkeit amtlicher Vorprüfung nicht gegeben ist?

1. Die Freigabe durch eine Staatsbehörde.

Da der Staat von heute nie die Initiative zu solchen Tötungen ergreifen kann, so wird die Initiative

1. in der Form des Antrags auf Freigabe bestimmten Antragsberechtigten zu überweisen sein. Das kann in der ersten Gruppe der tödlich Kranke selbst sein, oder sein

Arzt, oder jeder andere, den er mit der Antragstellung betraut hat, insbesondere Einer seiner nächsten Verwandten.

2. Dieser Antrag geht an eine Staatsbehörde. Ihre erste Aufgabe besteht ganz allein in der Feststellung der Voraussetzungen zur Freigabe: das sind die Feststellung unrettbarer Krankheit oder unheilbaren Blödsinns und eventuell die der Fähigkeit des Kranken zu beachtlicher Einwilligung in den Fällen der ersten Gruppe.

Daraus dürfte sich ihre Besetzung ergeben: ein Arzt für körperliche Krankheiten, ein Psychiater oder ein zweiter Arzt, der mit den Geisteskrankheiten vertraut ist, und ein Jurist, der zum Rechten schaut. Diese hätten allein Stimmrecht. Zweckmäßig wäre, diesen Freigebungsausschuß mit einem Vorsitzenden zu versehen, der die Verhandlungen leitet, aber kein Stimmrecht besitzt. Denn würde Eine jener drei Persönlichkeiten mit dem Vorsitz betraut, so würde sie im Kollegium mächtiger als die beiden anderen, und das wäre nicht wünschenswert. Zur Freigabe dürfte Einstimmigkeit zu erfordern sein. Der Antragsteller und der behandelnde Arzt des Kranken dürften als Mitglieder dem Ausschusse nicht angehören.

Dieser Behörde müßte das Recht des Augenscheins und der Zeugenvernehmung erteilt werden.

3. Der Beschluß selbst dürfte nur aussprechen, daß nach vorgenommener Prüfung des Zustandes des Kranken er nach den jetzigen Anschauungen der Wissenschaft als unheilbar erscheint, eventuell daß kein Grund zum Zweifel an der Beachtlichkeit seiner Einwilligung vorliegt, daß demgemäß der Tötung des Kranken kein hindernder Grund im Wege steht, und dem Antragsteller anheimgegeben wird, in sachgemäßester Weise die Erlösung des Kranken von seinem Übel in die Wege zu leiten.

Niemandem darf ein Recht zur Tötung, noch viel weniger jemandem eine Pflicht zur Tötung eingeräumt werden — auch dem Antragsteller nicht. Die Ausführungstat muß Ausfluß freien Mitleids mit dem Kranken sein. Der Kranke, der seine Einwilligung auf das Feierlichste erklärt hat, kann sie natürlich jeden Augenblick zurücknehmen, und dadurch die Voraussetzung der Freigabe und damit sie selbst nachträglich umstürzen.

Es dürfte sich empfehlen, im Anschluß an den Befund des Einzelfalles das in diesem Falle geeignetste Mittel der Euthanasie zu bezeichnen. Denn unbedingt schmerzlos muß die Erlösung erfolgen, und nur ein Sachverständiger wäre zur Anwendung des Mittels berechtigt.

4. Über den Vollzugsakt wäre dem Freigebungsausschuß ein sorgfältiges Protokoll zuzustellen.

2. Eigenmächtige Tötung eines Unheilbaren unter Annahme der Voraussetzungen freizugebender Tötung.

Dieser ordnungsmäßige Weg ist aber nicht immer gangbar. Vielleicht läßt sich seine Betretung nicht einmal denken. Vielleicht könnte auch die Zeit, die er selbst bei größter Beschleunigung kosten würde, den Unheilbaren unerträglichen Qualen aussetzen.

Dann steht man vor der Alternative: entweder mutet man wegen praktischer Schwierigkeiten dem Unrettbaren mitleidlos die Fortdauer seiner Qualen bis zum Ende und seinen Angehörigen oder seinem Arzte trotz ihres Mitleids volle Passivität zu, oder man untersagt diesen »Beteiligten« nicht, das Risiko zu laufen, sich über die Voraussetzungen unverbotener Tötung selbst zu vergewissern und auf Befund nach bestem Gewissen zu handeln.

Ich zögere nicht einen Augenblick, mich für die zweite Alternative auszusprechen.

Tötet dann jemand einen Unheilbaren, um ihn zu erlösen — seis mit seiner Einwilligung, seis in der Annahme, der Kranke würde sie zweifellos erteilen und sei daran nur durch seine Bewußtlosigkeit gehindert, — so müßte m. E. für solchen Täter und seine Gehilfen gesetzlich die Möglichkeit, sie straflos zu lassen, vorgesehen sein, und sie würden straflos zu bleiben haben, wenn sich die Voraussetzungen der Freigabe nachträglich als vorhanden gewesen ergeben würden.

Dem Täter würde für solche Fälle eine »Verklarungspflicht« aufzuerlegen sein, d. h. eine Pflicht, von seiner Tat sofort nach ihrer Begehung bei dem Freigabeausschuß Anzeige zu machen.

Anderenfalls hätte eventuell angemessene Strafe wegen fahrlässiger Tötung Platz zu greifen, wie sie ja schon das Preußische Landrecht angeordnet hat: der Täter hat ja die Voraussetzungen einer unverbotenen Tötung zu Unrecht als vorhanden angenommen. Von echtem Lebensvernichtungsvorsatz ist bei ihm nicht zu sprechen.

So gäbe es nach unseren Vorschlägen zwei neue Arten unverbotener Tötungen Dritter: den Vollzug der ausdrücklich freigegebenen Tötung und die eigenmächtige Tötung unter richtiger Annahme der Voraussetzungen der Freigabe im konkreten Fall durch einen Antragsberechtigten.

VI/ Das Bedenken der möglicherweise irrtümlichen Freigabe.

Bei der zweiten Art trägt der Täter das Risiko des Irrtums und verfällt bei unverzeihlichem Irrtum sogar der Strafe.

Ganz besonders schwer würde aber in weiten Volkskreisen eine Tötung auf Grund irrtümlicher amtlicher Freigabe empfunden werden. Gerade deshalb wird unseren Vorschlägen unausbleiblich der Einwand entgegengehalten werden, die Diagnose der Unheilbarkeit sei unsicher, und so könnte die amtliche Freigabe auch erfolgen zuungunsten eines Menschen, den ein »Wunder« oder die Kunst der Ärzte doch vielleicht schließlich noch hätte retten können. Solcher Vorgang sei aber im höchsten Maße anstößig.

Die Möglichkeit des Irrtums bei der Freigabebehörde ist trotz der geforderten Einstimmigkeit unleugbar. Nur bei den dauernden Idioten dürfte er fast ausgeschlossen sein. Aber Irrtum ist bei allen menschlichen Handlungen möglich, und niemand wird die törichte Folgerung ziehen, daß alle nützlichen und heilsamen Handlungen in Anbetracht dieses möglichen Defekts zu unterbleiben hätten. Auch der Arzt außerhalb der Behörde unterliegt dem Irrtum, der sehr üble Folgen verursachen kann, und niemand wird ihn wegen seiner Fähigkeit zu irren ausschalten wollen.

Das Gute und das Vernünftige müssen geschehen trotz allen Irrtumsrisikos.

Während nun bei Tausenden von Fällen irrigen Handelns der Beweis des Irrtums nachher bis zur Evidenz zu erbringen ist, dürfte der Beweis für den angeblichen Irrtum der Freigabebehörde nur sehr schwer zu beschaffen und kaum über den Grad einer Möglichkeit der Annahme des Überlebens zu steigern sein.

Nimmt man aber auch den Irrtum einmal als bewiesen an, so zählt die Menschheit jetzt ein Leben weniger. Dies Leben hätte vielleicht nach glücklicher Überwindung der Katastrophe noch sehr kostbar werden können: meist aber wird es kaum über den mittleren Wert besessen haben. Für die Angehörigen wiegt natürlich der Verlust sehr schwer. Aber die Menschheit verliert infolge Irrtums so viele Angehörige, daß einer mehr oder weniger wirklich kaum in die Wagschale fällt.

Und wäre denn immer für den aus schwerer Krankheit Geretteten die Erhaltung ein Segen gewesen? Vielleicht würde er an den Folgen der schweren Erkrankung doch noch viel gelitten haben; vielleicht hätte ihn schweres Schicksal später geschlagen; vielleicht hätte er einen sehr schweren Tod gehabt: jetzt ist er — allerdings vorzeitig — aber sanft entschlafen.

Sein erhaltbar gewesener Lebensrest darf als ein nicht übertriebener Kaufpreis für die Erlösung so vieler Unrettbaren von ihren Leiden betrachtet werden.

In seiner so wertvollen Abhandlung über den Selbstmord berichtet Gaupp (S. 24) von einem Katatoniker, der sich elf Kugeln in den Körper geschossen habe, von denen eine ins Gehirn, vier andere im Schädel geblieben sind. »Nach langem Krankenlager genas er von seinen Verletzungen, um weiterhin in einen tiefen *stupor* zu verfallen, aus dem er blöde erwachte.«

Ein furchtbares Zeugnis unserer Zeit! Mit Aufwand unendlicher Zeit und Geduld und Sorge bemühen wir uns um die Erhaltung von Leben negativen Wertes, auf dessen Erlöschen jeder Vernünftige hoffen muß. Unser Mitleiden steigert sich über sein richtiges Maß hinaus bis zur Grausamkeit. Dem Unheilbaren, der den Tod ersehnt, nicht die Erlösung durch sanften Tod zu gönnen, das ist kein Mitleid mehr, sondern sein Gegenteil.

Auch bei allen anderen Handlungen des Mitleids ist der Irrtum und vielleicht ein übles Ende möglich. Wer aber möchte die Anwendung dieses schönsten Zuges menschlicher Natur durch den Hinweis auf solchen Irrtum beschränkt sehen?

II.

Ärztliche Bemerkungen

von

Professor Dr. A. Hoche, Freiburg i. Br.

Die in den vorausgehenden rechtlichen Ausführungen besprochenen Punkte bedürfen nicht alle in gleichem Maße einer Beleuchtung vom ärztlichen Standpunkte aus. Die Frage der rechtlichen Natur des Selbstmordes und der Rechtslage bei der Tötung der Einwilligenden soll uns nicht näher beschäftigen; alles andere aber geht uns Ärzte sehr viel an, durch deren Köpfe berufsmäßig die ganze Gedankenreihe strafbarer oder strafloser Eingriffe in fremdes Leben hindurchläuft. Das Verhältnis des Arztes zum Töten im allgemeinen bedarf daher einer besonderen Erörterung.

Jeder Mensch ist bekanntlich unter gesetzlich näher bestimmten Umständen zu straflosen Eingriffen in fremde körperliche Existenz berechtigt (Notwehr, Notstand); beim Arzte wird das Verhältnis zum fremden Leben in negativer Hinsicht zwar durch das Gesetz bestimmt; tatsächlich ist aber sein Handeln auf diesem Gebiete ein Ausfluß seiner besonderen ärztlichen Sittenlehre. Es kommt der Allgemeinheit für gewöhnlich kaum zum Bewußtsein, daß diese ärztliche Sittenlehre nirgends fixiert ist. Es gibt wohl einzelne Bücher darüber, die aber den meisten Ärzten unbekannt sind und reine Privatleistungen ihrer Verfasser darstellen, aber es gibt kein in Paragraphen lebendes ärztliches Sittengesetz, keine »moralische Dienstanweisung«.

Der junge Arzt geht ohne jede gesetzliche Umschreibung seiner Rechte und Pflichten gerade in bezug auf die eingreifendsten Punkte in seine Praxis hinaus. Nicht einmal der Doktoreid der früheren Zeit mit einigen allgemeinen Bindungen ist mehr vorhanden. Was der Novize an Anweisung mitbringt, ist das Beispiel seiner Lehrer auf der Universität, die gelegentlichen Erörterungen, die sich an den Einzelfall anschlossen, das Lernen in seiner Assistentenzeit, der Einfluß der allgemeinen ärztlichen Anschauungen in der Literatur und eigene Schlußfolgerungen, die sich für ihn aus der Eigenart seiner Aufgabe ergeben. In gewissen Richtungen, aber gerade nicht in den entscheidenden, besteht eine Festlegung durch Gewerbeordnung, Verträge mit Krankenkassen u. dgl.; in einiger Entfernung sieht der Arzt einige Paragraphen des Strafgesetzbuches und die Aufsicht der Standesgenossen durch das ärztliche Ehrengericht. In allen diesen Punkten handelt es sich für den Arzt aber meist um eine negative Bindung in bezug auf das, was er nicht darf, nicht um positive Anweisungen. Was er darf und soll, ergibt sich als Ausfluß der Standesanschauungen, deren eine Voraussetzung unter allen Umständen die ist, daß der Arzt verpflichtet ist, nach allgemeinen sittlichen Normen zu handeln; dazu kommt als Standespflicht die Aufgabe, Kranke zu heilen, Schmerzen zu beseitigen oder zu lindern, Leben zu erhalten und soviel wie möglich, zu verlängern.

Diese allgemeinste Regel ist nicht ohne Ausnahme. Der Arzt ist praktisch genötigt, Leben zu vernichten (Tötung des lebenden Kindes bei der Geburt im Interesse der Erhaltung der Mutter, Unterbrechung der Schwangerschaft aus gleichen Gründen). Diese Eingriffe sind nirgends ausdrücklich erlaubt; sie bleiben nur straflos von dem Gesichtspunkte aus, daß sie im Interesse der Sicherung eines höheren Rechtsgutes erfolgen und unter den Voraussetzungen, daß ihnen pflichtmäßige Erwägungen vorausgegangen sind, daß bei der Ausführung die Kunstregeln beachtet wurden, und daß die notwendige Verständigung mit dem Patienten oder seinem gesetzlichen Vertreter oder den Angehörigen stattgefunden hat.

Auch die Akte der Körperverletzung, wie sie der Chirurg berufsmäßig und spezialistisch vornimmt, sind nirgends ausdrücklich erlaubt. Sie bleiben nur straflos, wenn in bezug auf Prüfung der Notwendigkeit und Sorgfalt der Ausführung die Kunstregeln beachtet wurden. Dabei wird bei allen operativen Eingriffen stillschweigend auf einen gewissen Prozentsatz von tödlichen Ausgängen gerechnet, deren Herabdrückung auf das Mindestmaß das heißeste Bemühen der ärztlichen Kunst ist, die aber niemals ganz ausbleiben können, wiederum also Fälle, in denen infolge ärztlicher Einwirkung Menschenleben vernichtet werden. Unser sittliches Gefühl hat sich hiermit völlig abgefunden. Das höhere Rechtsgut der Wiederherstellung einer Mehrzahl macht das Opfer einer Minderzahl notwendig, wobei im Einzelfalle die Sicherung in der Notwendigkeit der vorausgehenden Beschaffung der Einwilligung des Kranken oder seines gesetzlichen Vertreters zum Eingriff gegeben ist, deren Voraussetzung in der Regel ist, daß ihm der Arzt nach bestem Wissen den Grad der Wahrscheinlichkeit der Wiederherstellung und auch der Lebensgefährdung auseinandergesetzt hat.

Auch außerhalb der oben genannten Arten von Fragen steht der Arzt häufig vor dem Problem eines Eingreifens in das Leben in sittlich zweifelhafter Situation.

Von Angehörigen wird in Fällen unheilbarer Krankheit oder unheilbarer geistiger Defektzustände nicht so selten der Wunsch geäußert, »daß es bald zu Ende sein möchte«.

Vor kurzem erst haben mich Angehörige einer in schwerer Bewußtlosigkeit liegenden Selbstmörderin, die das »schwarze Schaf« der Familie war, ersucht, doch ja nichts zur Wiederbelebung zu tun. Es kommt auch vor, daß die Familie im Affekt sich dazu versteigt, dem Arzte Vorwürfe zu machen, wenn er die aktive Verkürzung eines verlorenen evtl. schmerzensreichen Lebens ablehnt. Trotzdem ist von diesen gefühlsmäßigen Anwandlungen bis zu dem Entschlusse zur Tötung oder auch nur zu ausdrücklicher Einwilligung von seiten der Familie ein großer Schritt; wie die Menschen nun einmal sind, würde der Arzt, der heute selbst auf dringenden Wunsch der Angehörigen ein Leben verkürzte, in keiner Weise später vor den heftigsten Vorwürfen oder auch vor einer Strafanzeige sicher sein.

Der Arzt kann gelegentlich auch in die Versuchung kommen, unter ganz bestimmten Umständen aus wissenschaftlichem Interesse in ein Menschenleben einzugreifen. Ich entsinne mich einer solchen Versuchung, die ich schließlich siegreich bestanden habe, aus meiner ersten Assistentenzeit. Ein Kind mit einer seltenen und wissenschaftlich interessanten Hirnerkrankung lag im Sterben, und der Zustand war so, daß mit Sicherheit im Laufe der nächsten 24 Stunden das Ende zu erwarten war. Wenn das Kind im Krankenhause starb, waren wir in der Lage, durch die Autopsie den erwünschten Einblick in den Befund zu erhalten. Nun erschien der Vater mit dem dringenden Verlangen, das Kind mit nach Hause zu nehmen; damit ging uns die Möglichkeit der Sektion verloren, die uns sicher war, wenn der Tod vor der Abholung eintrat. Es wäre ein Leichtes gewesen und hätte in keiner Weise festgestellt werden können, wenn ich damals durch eine Morphiumeinspritzung den so wie so mit absoluter Sicherheit nahen Tod um einige Stunden verfrüht hätte. Ich habe schließlich doch nichts getan, weil mein persönlicher Wunsch nach wissenschaftlicher Erkenntnis mir kein genügend schwerwiegendes Rechtsgut sein durfte gegenüber der ärztlichen Pflicht, keine Lebensverkürzung vorzunehmen.

Wie man sich in einem solchen Falle zu entscheiden hätte, wenn etwa bei den geschilderten Umständen der Gewinn einer einschneidenden Einsicht mit der Wirkung späterer Rettung zahlreicher Menschenleben zu erwarten gewesen wäre, das wäre eine neue Frage, die von einem höheren Standpunkte aus mit Ja zu beantworten wäre.

In anderer Form streift das innere Dilemma den Arzt nicht so selten, wenn er vor der Frage steht, ob er durch passives Geschehenlassen, durch Unterlassen der entsprechenden Eingriffe, dem Tode freie Bahn öffnen soll in Fällen, in denen Kranke freiwillig das Leben zu verlassen wünschen und sich selbst in irgendeiner Form, auf dem Wege des Selbsttötungsversuches, in einen schwer gefährdeten Zustand versetzt haben.

Die Versuchung, in solchen Fällen dem Schicksal seinen Lauf zu lassen, ist dann besonders groß, wenn es sich etwa um unheilbare Geisteskranke handelt, bei denen der Tod das in jedem Falle Vorzuziehende ist.

(Selbstverständlich kann diese ganze Fragestellung dann nicht auftauchen, wenn es sich bei dem Kranken, wie etwa bei einer einfachen heilbaren Depression, um einen vorübergehenden Schätzungsirrtum in der Bewertung der zum Tode drängenden Motive gehandelt hat.)

Die kurze Aufzählung dieser Fälle, bei denen ich insgesamt aus eigener Erfahrung sprechen kann, zeigt, wie ungeheuer kompliziert schon im täglichen Leben sich für den Arzt die Abwägung zwischen den starren Grundsätzen der ärztlichen Norm und den Forderungen einer höheren Auffassung der Lebenswerte gestalten kann. Der Arzt hat kein absolutes, sondern nur ein relatives, unter neuen Umständen veränderliches, neu zu prüfendes Verhältnis zu der grundsätzlich anzuerkennenden Aufgabe der Erhaltung fremden Lebens unter allen Umständen. Die ärztliche Sittenlehre ist nicht als ein ewig gleichbleibendes Gebilde anzusehen. Die historische Entwicklung zeigt uns in dieser Hinsicht genügend deutliche Wandlungen. Von dem Augenblicke an, in dem z. B. die Tötung Unheilbarer oder die Beseitigung geistig Toter nicht nur als nicht strafbar, sondern als ein für die allgemeine Wohlfahrt wünschenswertes Ziel erkannt und allgemein anerkannt wäre, würden in der ärztlichen Sittenlehre jedenfalls keine ausschließenden Gegengründe zu finden sein.

Die Ärzte würden es z. B. zweifellos als eine Entlastung ihres Gewissens empfinden, wenn sie in ihrem Handeln an Sterbebetten nicht mehr von dem kategorischen Gebote der unbedingten Lebensverlängerung eingeengt und bedrückt würden, ein Gebot, zu dem ich mich auch — *de lege lata* — in meiner oben zitierten Äußerung bekannt habe; ich würde gern jenen Satz dahin abändern dürfen: »es war früher eine unerläßliche Forderung ...« Tatsächlich bedeuten die von Ärzten (oder auf ihre Anweisung vom Pflegepersonal und von Angehörigen) vorgenommenen lebensverlängernden Eingriffe an Sterbenden für denjenigen, dem sie gelten und für den sie ein Gut darstellen sollen, vielfach ein Übel, eine Belästigung, eine Quälerei, in gleicher Weise wie für den gesunden, müden Einschlafenden die Störung durch immer wiederkehrende Weckreize; es liegt ihnen bei Laien in der weit überwiegenden Mehrzahl der Fälle eine falsche Vorstellung von dem inneren Zustande des Sterbenden zugrunde, dessen Bewußtsein entweder in heilsamer Weise verdunkelt ist, oder der nach langer Zermürbung durch Schmerzen und sonstiges Ungemach seiner Krankheit nur noch den Wunsch nach Ruhe und Schlafen hat und es sicherlich niemandem Dank weiß, der sein immer tieferes Versinken in die Bewußtlosigkeit hindert und aufhält; er ist ja gar nicht mehr imstande, die gute Absicht hinter den störenden Pflegeeingriffen zu erkennen.

Das an sich anzuerkennende Prinzip der ärztlichen Pflicht zu möglichster Lebensverlängerung wird, auf die Spitze getrieben, zum Unsinn; »Wohltat wird zur Plage«.

Den Hauptgegenstand meiner ärztlichen Stellungnahme zu den rechtlichen Ausführungen soll die Beantwortung der formulierten Frage bilden: »Gibt es Menschenleben, die so stark die Eigenschaft des Rechtsguts eingebüßt haben, daß ihre Fortdauer für die Lebensträger wie für die Gesellschaft dauernd allen Wert verloren hat?«

Diese Frage ist im allgemeinen zunächst mit Bestimmtheit zu bejahen; im einzelnen ist dazu folgendes zu sagen. Die im juristischen Teile vollzogene Aufstellung der zwei Gruppen von hierhergehörigen Fällen entspricht den tatsächlichen Verhältnissen; der gemeinsame Gesichtspunkt des nicht mehr vorhandenen Lebenswertes faßt aber sehr Verschiedenartiges zusammen; bei der ersten Gruppe der durch Krankheit oder Verwundung unrettbar Verlorenen wird nicht immer der subjektive und der objektive Lebenswert gleichmäßig aufgehoben sein, während bei der zweiten, auch zahlenmäßig größeren Gruppe der unheilbar Blödsinnigen, die Fortdauer des Lebens weder für die Gesellschaft noch für die Lebensträger selbst irgendwelchen Wert besitzt.

Zustände endgültigen unheilbaren Blödsinns oder wie wir in freundlicherer Formulierung sagen wollen: Zustände geistigen Todes sind für den Arzt, insbesondere für den Irrenarzt und Nervenarzt etwas recht Häufiges.

Man trennt sie zweckmäßigerweise in zwei große Gruppen:

1. in diejenigen Fälle, bei denen der geistige Tod im späteren Verlaufe des Lebens nach vorausgehenden Zeiten geistiger Vollwertigkeit, oder wenigstens Durchschnittlichkeit erworben wird;

2. in diejenigen, die auf Grund angeborener oder in frühester Kindheit einsetzender Gehirnveränderungen entstehen.

Für die nicht ärztlichen Leser sei erwähnt, daß in der ersten Gruppe Zustände geistigen Todes erreicht werden: bei den Greisenveränderungen des Gehirns, dann bei der sogenanntenHirnerweichung der Laien, der *Dementia paralytica*, weiter auf Grund arteriosklerotischer Veränderungen im Gehirn und endlich bei der großen Gruppe der jugendlichen Verblödungsprozesse (*Dementia praecox*), von denen aber nur ein gewisser Prozentsatz die höchsten Grade geistiger Verödung erreicht.

Bei der zweiten Gruppe handelt es sich entweder um grobe Mißbildungen des Gehirns, Fehlen einzelner Teile (in größerem oder geringerem Umfange), um Hemmungen der Entwicklung während der Existenz im Mutterleib, die auch in die ersten Lebensjahre hinein weiter wirken können, oder um Krankheitsvorgänge der ersten Lebenszeit, die bei einem an sich normal angelegten Hirnorgan die Entwicklung sistieren; (häufig sind damit epileptische Anfälle oder andere motorische Reizerscheinungen verbunden).

Bei beiden Gruppen können gleichhohe Grade der geistigen Öde vorhanden sein. Für unsere Zwecke aber ist doch ein Unterschied zu beachten, ein Unterschied in dem Zustande des geistigen Inventars, der vergleichsweise derselbe ist, wie zwischen einem regellos herumliegenden Haufen von Steinen, an die noch keine bildende Hand gerührt hat, und den Steintrümmern eines zusammengestürzten Gebäudes. Der Sachverständige vermag in der Regel, auch ohne Kenntnis der Vorgeschichte eines geistig toten Menschen und ohne körperliche Untersuchung, aus der Art des geistigen Defektbildes die Unterscheidung der früh und der spät erworbenen Zustände zu machen.

Auch in den Beziehungen der zwei verschiedenen Arten geistig Toter zur Umwelt ist ein wesentlicher Unterschied für unsere Betrachtung vorhanden. Bei den ganz früh erworbenen hatniemals ein geistiger Rapport mit der Umgebung bestanden; bei den spät erworbenen ist dies vielleicht im reichsten Maße der Fall gewesen. Die Umgebung, die Angehörigen und Freunde haben deswegen zu diesen letzteren subjektiv ein ganz anderes Verhältnis; geistig Tote dieser Art können einen ganz anderen »Affektionswert« erworben haben; ihnen gegenüber bestehen Gefühle der Pietät, der Dankbarkeit; zahlreiche, vielleicht stark gefühlsbetonte Erinnerungen verknüpfen sich mit ihrem Bilde, und alles dieses geschieht auch dann noch, wenn die Empfindungen der gesunden Umgebung bei dem Kranken keinerlei Widerhall mehr finden.

Aus diesem Grunde wird für die Frage der etwaigen Vernichtung nicht lebenswerter Leben aus der Reihe der geistig Toten, je nachdem sie der einen oder anderen Kategorie angehören, ein verschiedener Maßstab anzuwenden sein.

Auch in bezug auf die wirtschaftliche und moralische Belastung der Umgebung, der Anstalten, des Staates usw. bedeuten die geistig Toten keineswegs immer das gleiche. Die geringste Belastung in dieser Richtung wird durch die Fälle von Hirnerweichung der einen oder anderen Art gegeben, die von dem Momente an, in welchem von geistigem völligem Tode gesprochen werden kann, in der Regel nur noch eine Lebensspanne von wenigen Jahren (höchstens) vor sich haben. Einen ein wenig weiteren Spielraum finden wir bei den Fällen von Greisenblödsinn. Die durch die jugendlichen Prozesse geistig Verödeten können unter Umständen in diesem Zustande noch 20 oder 30 Jahre leben, während bei den Fällen von Vollidiotie auf Grund allerfrühester Veränderungen eine Lebensdauer und damit die Notwendigkeit fremder Fürsorge von zwei Menschenaltern und darüber erwachsen kann.

In wirtschaftlicher Beziehung würden also diese Vollidioten, ebenso wie sie auch am ehesten alle Voraussetzungen des vollständigen geistigen Todes erfüllen, gleichzeitig diejenigen sein, deren Existenz am schwersten auf der Allgemeinheit lastet.

Diese Belastung ist zum Teil finanzieller Art und berechenbar an der Hand der Aufstellung der Jahresbilanzen der Anstalten. Ich habe es mir angelegen sein lassen, durch eine Rundfrage bei sämtlichen deutschen in Frage kommenden Anstalten mir hierüber brauchbares Material zu verschaffen. Es ergibt sich daraus, daß der durchschnittliche Aufwand pro Kopf und Jahr für die Pflege der Idioten bisher 1300 M. betrug. Wenn wir die Zahl der in Deutschland zurzeit gleichzeitig vorhandenen, in Anstaltspflege befindlichen Idioten zusammenrechnen, so kommen wir schätzungsweise etwa auf eine Gesamtzahl von 20-30000. Nehmen wir für den Einzelfall eine durchschnittliche Lebensdauer von 50 Jahren an, so ist leicht zu ermessen, welches ungeheure Kapital in Form von Nahrungsmitteln, Kleidung und Heizung, dem Nationalvermögen für einen unproduktiven Zweck entzogen wird.

Dabei ist hiermit noch keineswegs die wirkliche Belastung ausgedrückt.

Die Anstalten, die der Idiotenpflege dienen, werden anderen Zwecken entzogen; soweit es sich um Privatanstalten handelt, muß die Verzinsung berechnet werden; ein Pflegepersonal von vielen tausend Köpfen wird für diese gänzlich unfruchtbare Aufgabe festgelegt und fördernder Arbeit entzogen; es ist eine peinliche Vorstellung, daß ganze Generationen von Pflegern neben diesen leeren Menschenhülsen dahinaltern, von denen nicht wenige 70 Jahre und älter werden.

Die Frage, ob der für diese Kategorien von Ballastexistenzen notwendige Aufwand nach allen Richtungen hin gerechtfertigt sei, war in den verflossenen Zeiten des Wohlstandes nicht dringend; jetzt ist es anders geworden, und wir müssen uns ernstlich mit ihr beschäftigen. Unsere Lage ist wie die der Teilnehmer an einer schwierigen Expedition, bei welcher die größtmögliche Leistungsfähigkeit Aller die unerläßliche Voraussetzung für das Gelingen der Unternehmung bedeutet, und bei der kein Platz ist für halbe, Viertels- und Achtels-Kräfte. Unsere deutsche Aufgabe wird für lange Zeit sein: eine bis zum höchsten gesteigerte Zusammenfassung aller Möglichkeiten, ein Freimachen jeder verfügbaren Leistungsfähigkeit für fördernde Zwecke. Der Erfüllung dieser Aufgabe steht das moderne Bestreben entgegen, möglichst auch die Schwächlinge aller Sorten zu erhalten, allen, auch den zwar nicht geistig toten, aber doch ihrer Organisation nach minderwertigen Elementen Pflege und Schutz angedeihen zu lassen — Bemühungen, die dadurch ihre besondere Tragweite erhalten, daß es bisher nicht möglich gewesen, auch nicht im Ernste versucht worden ist, diese Defektmenschen von der Fortpflanzung auszuschließen.

Die ungeheure Schwierigkeit jedes Versuches, diesen Dingen irgendwie auf gesetzgeberischem Wege beizukommen, wird noch lange bestehen, und auch der Gedanke, durch Freigabe der Vernichtung völlig wertloser, geistig Toter eine Entlastung für unsere nationale Überbürdung herbeizuführen, wird zunächst und vielleicht noch für weite Zeitstrecken lebhaftem, vorwiegend gefühlsmäßig vermitteltem Widerspruch begegnen, der seine Stärke aus sehr verschiedenen Quellen beziehen wird (Abneigung gegen das Neue, Ungewohnte, religiöse Bedenken, sentimentale Empfindungen usw.). In einer auf Erreichung möglichst greifbarer Ergebnisse gerichteten Untersuchung, wie der vorliegenden, soll daher dieser Punkt zunächst in der Form der theoretischen Erörterung der Möglichkeiten und Bedingungen, nicht aber in der des »Antrags« behandelt werden.

Bei allen Zuständen der Wertlosigkeit infolge geistigen Todes findet sich ein Widerspruch zwischen ihrem subjektiven Rechte auf Existenz und der objektiven Zweckmäßigkeit und Notwendigkeit.

Die Art der Lösung dieses Konfliktes war bisher der Maßstab für den Grad der in den einzelnen Menschheitsperioden und in den einzelnen Bezirken dieses Erdballs erreichten Humanität, zu deren heutigem Niveau ein langer mühsamer Entwicklungsgang über die Jahrtausende hin, zum Teil unter wesentlicher Mitwirkung christlicher Vorstellungsreihen, geführt hat.

Von dem Standpunkte einer höheren staatlichen Sittlichkeit aus gesehen kann nicht wohl bezweifelt werden, daß in dem Streben nach unbedingter Erhaltung lebensunwerter Leben Übertreibungen geübt worden sind. Wir haben es, von fremden Gesichtspunkten aus, verlernt, in dieser Beziehung den staatlichen Organismus im selben Sinne wie ein Ganzes mit eigenen Gesetzen und Rechten zu betrachten, wie ihn etwa ein in sich geschlossener menschlicher Organismus darstellt, der, wie wir Ärzte wissen, im Interesse der Wohlfahrt des Ganzen auch einzelne wertlos gewordene oder schädliche Teile oder Teilchen preisgibt und abstößt.

Ein Überblick über die oben aufgestellte Reihe der Ballastexistenzen und ein kurzes Nachdenken zeigt, daß die Mehrzahl davon für die Frage einer bewußten Abstoßung, d. h. Beseitigung nicht in Betracht kommt. Wir werden auch in den Zeiten der Not, denen wir entgegengehen, nie aufhören wollen, körperlich Defekte und Sieche zu pflegen, solange sie nicht geistig tot sind; wir werden nie aufhören, körperlich und geistig Erkrankte bis zum Äußersten zu behandeln, solange noch irgendeine Aussicht auf Änderung ihres Zustandes zum Guten vorhanden ist; aber wir werden vielleicht eines Tages zu der Auffassung heranreifen, daß die Beseitigung der geistig völlig Toten kein Verbrechen, keine unmoralische Handlung, keine gefühlsmäßige Rohheit, sondern einen erlaubten nützlichen Akt darstellt.

Hier interessiert uns nun zunächst die Frage, welche Eigenschaften und Wirkungen den Zuständen geistigen Todes zukommen. In äußerlicher Beziehung ist ohne weiteres erkennbar: der Fremdkörpercharakter der geistig Toten im Gefüge der menschlichen Gesellschaft, das Fehlen irgendwelcher produktiver Leistungen, ein Zustand völliger Hilflosigkeit mit der Notwendigkeit der Versorgung durch Dritte.

In bezug auf den inneren Zustand würde zum Begriff des geistigen Todes gehören, daß nach der Art der Hirnbeschaffenheit klare Vorstellungen, Gefühle oder Willensregungen nicht entstehen können, daß keine Möglichkeit der Erweckung eines Weltbildes im Bewußtsein besteht, und daß keine Gefühlsbeziehungen zur Umwelt von den geistig Toten ausgehen können, (wenn sie auch natürlich Gegenstand der Zuneigung von seiten Dritter sein mögen).

Das Wesentlichste aber ist das Fehlen der Möglichkeit, sich der eigenen Persönlichkeit bewußt zu werden, das Fehlen des Selbstbewußtseins. Die geistig Toten stehen auf einem intellektuellen Niveau, das wir erst tief unten in der Tierreihe wieder finden, und auch die Gefühlsregungen erheben sich nicht über die Linie elementarster, an das animalische Leben gebundener Vorgänge.

Ein geistig Toter ist somit auch nicht imstande, innerlich einen subjektiven Anspruch auf Leben erheben zu können, ebensowenig wie er irgendwelcher anderer geistiger Prozesse fähig wäre.

Dieses letztere Moment ist nur scheinbar unwesentlich; in Wirklichkeit hat es seine Bedeutung in dem Sinne, daß die Beseitigung eines geistig Toten einer sonstigen

Tötung nicht gleichzusetzen ist. Schon rein juristisch bedeutet die Vernichtung eines Menschenlebens keineswegs immer dasselbe.

Die Unterschiede liegen nicht nur in den Motiven des Tötenden, (je nachdem: Mord, Totschlag, Fahrlässigkeit, Notwehr, Zweikampf usw.), sondern auch in dem Verhältnis des Getöteten zu seinem Anspruch auf Leben. Während die vorsätzliche überlegte Tötung gegen den Willen eines Menschen die Todesstrafe nach sich zieht, wird die Tötung auf Verlangen nur mit ein paar Jahren Gefängnis geahndet. Der Akt des Eingreifens in fremdes Leben ist dabei jedesmal derselbe. Die Tötung auf Verlangen wird dabei im Zweifelsfalle eher noch eine kühlere, planmäßigere, reiflicher überlegte Handlung bedeuten, als der Mord, und doch wird sie unter anderem darum so viel milder aufgefaßt, weil der zu Tötende sich seines subjektiven Anspruches auf das Leben begeben hat, und im Gegenteil sein Recht auf den Tod geltend macht.

(An dieser Betrachtung ändert sich dadurch nichts, daß es auch heilbare Geisteskranke gibt, die keinen subjektiven Anspruch auf Leben, im Gegenteil sogar energischen Anspruch auf die Vernichtung machen, die aber, weil es sich um krankhafte Motive episodischer Art handelt, in ihrem Wollen überhaupt keine Berücksichtigung verdienen; diese Fälle sind übrigens von dem Zustande des geistigen Todes weit entfernt.)

Im Falle der Tötung eines geistig Toten, der nach Lage der Dinge, vermöge seines Hirnzustandes, nicht imstande ist, subjektiven Anspruch auf irgend etwas, u. a. also auch auf das Leben zu erheben, wird somit auch kein subjektiver Anspruch verletzt.

Es ergibt sich aus dem, was über den inneren Zustand der geistig Toten zu sagen war, auch ohne weiteres, daß es falsch ist, ihnen gegenüber den Gesichtspunkt des Mitleids geltend zu machen; es liegt dem Mitleid mit den lebensunwerten Leben der unausrottbare Denkfehler oder besser Denkmangel zugrunde, vermöge dessen die Mehrzahl der Menschen in fremde lebende Gebilde hinein ihr eigenes Denken und Fühlen projiziert, ein Irrtum, der auch eine der Quellen der Auswüchse des Tierkultus beim europäischen Menschen darstellt. »Mitleid« ist den geistig Toten gegenüber im Leben und im Sterbensfall die an letzter Stelle angebrachte Gefühlsregung; wo kein Leiden ist, ist auch kein mit-Leiden.

Trotz alledem wird in dieser neuen Frage nur ein ganz langsam sich entwickelnder Prozeß der Umstellung und Neueinstellung möglich sein. Das Bewußtsein der Bedeutungslosigkeit der Einzelexistenz, gemessen an den Interessen des Ganzen, das Gefühl einer absoluten Verpflichtung zur Zusammenraffung aller verfügbaren Kräfte unter Abstoßung aller unnötigen Aufgaben, das Gefühl, höchst verantwortlicher Teilnehmer einer schweren und leidensvollen Unternehmung zu sein, wird in viel höherem Maße, als heute, Allgemeinbesitz werden müssen, ehe die hier ausgesprochenen Anschauungen volle Anerkennung finden können. Die Menschen sind im allgemeinen großer und starker Gefühle nur ausnahmsweise und immer nur für kurze Zeit fähig; deswegen machen besondere Einzelbetätigungen in dieser Richtung einen so großen Eindruck. Wir lesen mit tragischem Mitgefühl in Greelys Polarbericht, wie er genötigt ist, um die Lebenswahrscheinlichkeit der Teilnehmer zu erhöhen, einen der Genossen, der sich an die Rationierung nicht hielt und durch unerlaubtes Essen eine Gefahr für alle wurde, von hinten erschießen zu lassen, da er ihnen allen an Körperkräften überlegen geworden war; ein berechtigtes Mitleid überkommt uns, wenn wir lesen, wie Kapt. Scott und seine Begleiter auf der Heimkehr vom Südpol im Interesse des Lebens der Übrigen schweigend das Opfer annahmen, daß ein Teilnehmer freiwillig das Zelt verließ, um draußen im Schnee zu erfrieren.

Ein kleiner Teil solcher heroischen Seelenstimmungen müßte uns beschieden sein, ehe wir an die Verwirklichung der hier theoretisch erörterten Möglichkeiten herantreten können.

Sache der ärztlichen Beurteilung ist schließlich alles, was sich in dem Zusammenhange unserer Darstellung auf die Notwendigkeit technischer Sicherungen gegen irrtümliches oder mißbräuchliches Vorgehen bezieht.

Zunächst wird selbstverständlich die Idee auftauchen, daß die Verwirklichung der hier ausgesprochenen Gedanken kriminellen Mißbräuchen die Türe öffnen könnte. Vermöge des ständig wachen Mißtrauens, das der normale Staatsbürger vielfach gesetzgeberischen Dingen entgegenbringt, die irgendwie in seine private Existenz eingreifen, werden auch hier Möglichkeiten gewittert und ins Feld geführt werden. Es liegt dem dieselbe Richtung des Fühlens und Denkens zugrunde, die mühelos dazu kommt, anzunehmen, daß es für Wohlhabende eine Kleinigkeit sei, sich vermöge ärztlicher Atteste in Straffällen ihre Unzurechnungsfähigkeit bekunden zu lassen, die es dem Laien durchaus glaubhaft und wahrscheinlich macht, daß fortwährend Internierungen geistig Gesunder und Entmündigungen aus gewinnsüchtigen Motiven der Angehörigen erfolgen, Anschauungen, die sich sogar zu der gesetzgeberischen praktischen Unzweckmäßigkeit verdichtet haben, daß in der Entmündigungsfrage das Antragsrecht des Staatsanwaltes seinerzeit eingeschränkt worden ist (bei Trunksucht).

Die Sicherung gegen solche Auffassungen würde in einer sorgfältig zu behandelnden Technik zu schaffen sein.

In dieser Beziehung steht zunächst zur Erörterung, ob die Auswahl der Fälle, die für die Lebensträger selbst und für die Gesellschaft endgültig wertlos geworden sind, mit solcher Sicherheit getroffen werden kann, daß Fehlgriffe und Irrtümer ausgeschlossen sind.

Es kann dies nur eines Laien Sorge sein. Für den Arzt besteht nicht der geringste Zweifel, daß diese Auswahl mit hundertprozentiger Sicherheit zu treffen ist, also mit einem ganz anderen Maße von Sicherheit, als etwa bei hinzurichtenden Verbrechern die Frage, ob sie geistig gesund, oder geistig krank sind, entschieden werden kann.

Für den Arzt bestehen zahlreiche wissenschaftliche, keiner Diskussion mehr unterworfene Kriterien, aus denen die Unmöglichkeit der Besserung eines geistig Toten erkannt werden kann, um so mehr, als für unsere ganze Fragestellung in vorderster Linie die von frühester Jugend an bestehenden Zustände geistigen Todes in Betracht kommen.

Natürlich wird kein Arzt schon bei einem Kinde im zweiten oder dritten Lebensjahr die Sicherheit dauernden geistigen Todes behaupten wollen. Es kommt aber noch in der Kindheit der Moment, in dem auch diese Zukunftsbestimmung zweifelsfrei getroffen werden kann.

Es ist in dem juristischen Teil dieser Schrift schon die Art der Zusammensetzung einer zur genauesten Prüfung der Lage berufenen Kommission besprochen worden. Auch ich bin überzeugt, daß trotz des Beiklanges von Fruchtlosigkeit, den wir bei der Erwähnung des Wortes »Kommission« innerlich hören, eine derartige Einrichtung notwendig sein würde. Die Erörterung der Einzelheiten halte ich für weniger dringend, als das Bekenntnis dazu, daß selbstverständlich die Voraussetzung für die Verwirklichung dieser Gedankengänge die Schaffung aller denkbaren Garantien nach jeder Richtung sein muß.

Von Goethe stammt das Bild des Entwicklungsganges wichtiger Menschheitsfragen, den er sich in Spiralform versinnlicht. Die Achse dieses Bildes ist die Tatsache, daß eine etwa an einem Stamme emporlaufende Spirallinie in gewissen Abständen immer wieder auf derselben Seite des Stammes ankommt und vorüberführt, aber jedesmal ein Stockwerk höher.

Dieses Bild wird sich später einmal auch in dieser unserer Kulturfrage erkennen lassen. Es gab eine Zeit, die wir jetzt als barbarisch betrachten, in der die Beseitigung der lebensunfähig Geborenen oder Gewordenen selbstverständlich war; dann kam die jetzt noch laufende Phase, in welcher schließlich die Erhaltung jeder noch so wertlosen Existenz als höchste sittliche Forderung galt; eine neue Zeit wird kommen, die von dem Standpunkte einer höheren Sittlichkeit aus aufhören wird, die Forderungen eines überspannten Humanitätsbegriffes und einer Überschätzung des Wertes der Existenz schlechthin mit schweren Opfern dauernd in die Tat umzusetzen. Ich weiß, daß diese Ausführungen heute keineswegs überall schon Zustimmung oder auch nur Verständnis finden werden; dieser Gesichtspunkt darf Denjenigen nicht zum

Schweigen veranlassen, der nach mehr als einem Menschenalter ärztlichen Menschendienstes das Recht beanspruchen kann, in allgemeinen Menschheitsfragen gehört zu werden.